JN148974

# 村への道

木村迪夫

書肆山田

# 目次——村への道

# 村への道

# 夜の野へ

眠れない夏の夜の
蒸れる部屋をひとり脱けだし
村道を一匹の小犬のごとく走りぬける
と
くらい眼のさきに思い出の影がうかぶ
けっして降るはずもない雨の予報にさからい
影はことばもなく佇っている
畦の道の草に足をとられ
転ぶのはおれの影

眼を凝らすほどに思い出の影は
月の光りにかすかに口ずさみ
夜ふけにむかう地の彼方に沈みかけて
見える
　土地のない男は流れ去る
けれども少しだけ土地のある男は
必ず死ぬ　獣を映す眼の脂の色よ
と
いまは亡き詩兄K氏がうたってくれた
流れのはての年月の前に
一輪の曼珠沙華はふさわしくないと知りながら
挿さないではいられない
なつかしさよ
K氏よ
夜目にもあざやかな花の色に

不帰の村への想いをおこしてくれ

夜露にぬれた畦の道を走るほどに
下腹部の痛みは消え
眼のうらを刺す夜ふけの怖さだけが
身体(からだ)をねじらせる
はるかなる面影との再会をよろこび
声もなく
草の上に横臥する
なまぬるい微風がほほをつたって
さらさらと稲の葉音とともに
まどろむ
眼を醒ますほどにふたたび起きあがり
田の周りを一巡すると

変わりようもないこの村の
夜のあけのはじまりの全景が
しだいに眼にせまってくる
（おれは宮沢賢治は嫌いだ）と
（おれは斎藤茂吉は嫌いだ）と
（おれは茂吉の屋根のうえの山肌で四季にスキー遊びをしている若僧は嫌いだ）
という死の物語りを生きる男の
目差は
けれども明るくも暗くもない
見たことのないきょうの粘色の光りの沼だ……

いまは剪る者とていない
あれた桑の老木の森から
あのうただけが聴えてくる

# 吹く、春の風が

おと
音たてて
足早やにやってくる

見上げると
河岸段丘の彼方の川のむこうから
陽ののぼりの時間とともに
足早やに走ってくる

ヤッケを着て
頬被りをし
眼だけを覗かせ
トラクターにひと跨ぎ
吹き来る春の彼方めざして
小刻みに始動をはじめる

ひとっ走り
いっきょにという訳にはいかない
トラクターも
ぼくも
ずい分と中古なのだから

それでも
吹く春の風の彼方めざして
走り始める

（おれは　現役の百姓なんだ）
（おれは　まだまだ若いんだ）
（勇気は十分に残されている）

春の風にむかって自問自答しながら
トラクターのスピードを上げ
緑濃い雑草の繁みの
畑から
畑へ

勢いよく駆けめぐる

集落の方角をふり返ると
古峯神社の
杜の幟が
はたはたと
全身で
翻っている

吹く春の風にむかって
叫んでいる

集落（むら）は
春
農夫（ひと）も
春

# 少年期——遙かなる歳月の彼方に

秋あかねが
空をおおう夕暮れ

稲刈りあとの田圃に
三角ベースの線を描き
野球に夢中になった
稲株にあたると球は
土堤をこえて堰に落ち

水の引ききらぬ沼田に消えて沈んだ
（還らない父さんの声だけが、なぜかボールのように
弾んで、ぼくの耳に返ってきた）

夜になると
村のはずれの丘に走っていき
星空ばかり眺めていた
じっと凝視めていると
目がちかちかしてきて
自分の星を捜すのが大変だった
まわりの星と比べたら
ずっとずっと小さく

光りも弱く
けれども長い時間凝視めていると
炎となって燃える音のする星を見付け
ぼくは
その星を
〈未来星〉と名付けた

星よ
小さなぼくの未来星よ
川の流れの石をいまも照らしているか
むかし　炭焼く煤(けむ)りの杜絶えなかった山の頂を
凝視めているか

野の原の
紫の花の色を吸いとって
この村の行く末を
謳いつづけているか

# 夏の花

ハイビスカス
濃緑色の硬い葉群れの先端に
ピンク色の
ときには燃える深紅の花弁をつける
散っては
咲き
落ちては
ひらき

キムラさん
わたしが選んであげるから
こころやすい美人の同僚に促されて
会議のあと
役所の地下通路で買った
鉢植の
花

もう何年になるだろうか
慰霊の旅をした彼の島の
街路に咲き満ちていた
褪せることのない花の
色に

身の内の還らない血の色を見たのは

梅雨にしては
はげし過ぎる雨のあと
村にも夏はやってくるはずなのだが
道の坂を登るごと
濡れた景色の稲田の青のうみと
ひと坂辿るごと近づく山の裾の
棲処をつつむ実り
花は
まだ　声もなく
姿も　見せず

十数年もまえ
娘を嫁に出したのも
いまごろの雨あがりの際の
季節だった

二人だけとなって久しい
この夏は
朝も
昼も
遙かな南の島の彩りに見守られながら
耕す日ごとの疲れを
どんな
夢に
託すべきか

# 稔りをはしる声

音たててはじける
うねりの夕景が
しとぶる雨のしずくに逆らい
田の沖の山のきわの彼方まで
黄光色の炎のごとく
燃えて
はしる

身の重さにうつむく
穂と
ほの
声と
こえとが
耳すませるほどに
いっしゅんの雲の晴れ間をつきぬけ
翔びたって　行く
にぎると掌のなかからおどり散る
霊魂（たましい）のゆくすえ
目をつむるほどに
夏の日の思いと
ふるえる真昼どき
傷ついてなお疲れをみせない
葉と

葉の
語られることのない物語りの
しずけさ

なおもしとぶるしずくの
早い沈みの時刻(とき)の際で
おう
おう
おう　と
さけびの声を挙げ
昏れゆく闇の宙天に木霊し
稔りをはしり　やがて地に還る
部落(むら)と
農夫(ひと)との

# 影の
# たたずみ

# 眠れ／田んぼよ

村人よ
人びとよ
この季節
根の底からの望郷への囁きが聴えぬか
株と
株との切り口の尖端は
書きのこした日の記録の端ばしで
ぼくら
ひと夏を生きぬいた安堵の吐息が

ロングストーリィを書き終えた歓喜となって映っては見えないか

村人よ
人びとよ
この季節
思いのほかに穫れなかったなどと言うなかれ
影一つない野の原の孤独に耐えながら
ぼくらの肌は黒褐色で
わずかに艶っぽく
疲れも見せず
疲れてなお隠しながら
(かくしながら)
ふたたびの春への乾ききることのない
希望の証ではないか

いまは眩い陽の光りなど差しようもないが
雪の間と間の畦と畦とはいまも緑に被われていて
不眠の季節に挑んでいる

村人よ
人びとよ
この季節
田の面を走る水は
音も無く
終りのない村の物語りを
ふたたび書きつづけるように
夕ぐれの村と村との
はるかな遠景へのしばしの訣別の言葉となって
流れ

流れ落ちていく

村人よ
人びとよ
この季節
静かに眠れ

わが村よ
人びとよ
田んぼよ
地深く眠れ

ふたたびの春の
醒（めざ）めのために（死ぬなよ）

# 遙かなる詩人たちへ

こんな日に
いまいちど生れ変われたら　最高だね
三月の陽気に急かされながら
野良着をスーツに着替え
少しばかり遠い街へ　電車で

そこにはわたしのための感動が用意されていて
「村とニッポンと世界を串刺しにして見よ」と教えてくれた

野の思想家
「村から脱出できなかったことを不幸と思うか。
幸か不幸かが問題ではない。
現在（いま）をどう生きるかこそが、われらの命題」
と励ましてくれた
革命的詩人のＫさん
「もの言わぬ農民」を生きた
ニッポンの母
わが母
それらの人びとを語った評価が待っている
思えばそれもこれも
不確かなおのれの先行きの灯明（あかり）に置きかえた
村の物語りではあったが
今も消えることのないこの人たちの声が
ひたひたと波うつごとく

耳にとどく

なんとも華やかな席上で
わたしはもう一人の友を語った
終りのない長いながい村物語りを綴って死んだ
その面影を
「千年刻みの日時計」を
彼もまたわたしを育ててくれた
かけがえのない道案内人であったから

村へ帰ったら
春ばしゃぎのしないように
おのれの頭に水を打ち

魂を蘇らせ
畑へ
一目散に走って行こう

# 煌めく日々の終りに

## 日の始まり

五十数年のむかし
天と地とわれら夫婦との間で交した
黙約はいま
朝もたしかな思いでとなって
再び光りのなかで
蘇る

# 草を刈る

けっして降ることのない
雨の日を乞いながら
滴る汗を両手で拭きはらい
乗用草刈機を操るおれの足もとから
襲うがごとく小石の礫が
金属音も高らかに
はるか彼方の陽の光りめがけて
飛んでいく

## 伐る

樹と樹の間を縫うがごとく
沈みかけた陽のなかで
おれと女房は
巴旦杏の樹を伐る
四十数年ものむかし植えた
乙女心にも似たかれんな花々に
思いをめぐらし
二人の未来を托した果実だった
暮らしの先行きを夢見ながら
手しおにかけた
果実

いまもなお
腐ることのない
不変の愛の棲家のために
息も荒々しく
巴旦杏の樹を
伐る

夜が来る

裸になって布団の上に仰臥すると
過ぎた一日の時間の
あるいは長い年月の時間の流れが
老いに近づいてなお

見果てぬ夢を追いつづける
闇の深さが
部屋を満たす

# 雑草(くさ)のうた

雑草が
野の沖の彼方を

雑草が
冷雨のなか
途切れ途切れる雨の間の陽の滴りを

蓬　野蕗　茅萱　薊　芝草
藺草　蒲公英

びっき草
へびすかな
どんでんがら
ぎしぎし
（遙かな子供の頃の遊びの果ては）

殺草剤グラモキソンの
千倍液を撒いたのは
春の陽の盛りの　時刻
あれから

雑草の沈黙は疼痛となって
村びとの肌を刺した
人びとは枯れゆく雑草の行く末に
涙しながら
乾いたおのれの草肌を舐めた

いまは
夏
雑草は再びの青さを蘇らせ
彩る濃緑の景色の遠景と
村落への　田の沖の
土堤と畔の連なりの走りへの
速さ

ササニシキの光り輝く
葉群れの波の打ち際にいましがた
雑草は身を寄せ
飛ぶ
露玉のごと夢を孕んで
風に揺れる

雑草に
安息の季節はあるか
きらめく鎌の刃先に
眠りの村の
未来は映って見えるか

# 枕頭詩篇　Mさんへの手紙

枕頭の氷が解けて　いっ滴
頰をつたって目が醒める
風邪だというのに
胃の痛みが止まらない
吻合部の傷口はもう何年も経っているので
完全に癒っていますよ
定期健診でK先生はそう言ったばかりだ
さすればこの痛みは
何ものか

『風と光と夢』
いただいた写真集を
寝床の中で見入っています
あのころは若かった
時代も　人も
気負うこともなく若さが漲っていて
モノクロ写真の村の女たちは
植える顔も
刈る顔も
光りの走りのようにはつらつとしていて
時代を先取りした作業着の肌が
この村の未来を映し撮り
抱きつきたくなるような

気もちが勃(お)きてきます

『貧しさからの解放』
『ものいわぬ農民』
いまは古典となってしまった
この小冊子も
枕元にあります
晩手(おくて)のわたしは少しずつ
死ぬまで勉強して
みんなに追いつかねばと念じております

お父さんは大した才能も能力も無いけれど
いい友だちをいっぱいもっていて

幸せだね
一番だね
とはわが女房の口ぐせです
暖冬という予想を裏切って
わたしの部落(むら)も
めずらしく大雪です

明日は起きねば
死期はまだ先なのだから

まだまだ
死期は先なのだから

# 別れのブログ——追悼　立松和平さん——

木村迪夫さんは　山形県上山市で農業をしながら詩を書いている
昔からものいわぬ農民ではなく　ものいう農民である　教師たちが
子供たちに作文指導を積極的にはじめ　大いなる成果を上げたつづ
り方教室の影響を受けている
農民の精神をよく表現した骨太な詩が私は好きだ　二十年も昔のこ
とになるが　当時私が編集委員をしていた「早稲田文学」に　小説
を書いてもらったことがある　「減反騒動記」というのだった
「続減反騒動記」も書いてもらったかと思う
その木村さんと立談をすることになった　最後にいつあったのか記

憶もないのだが　二十年近くぶりだなとまず木村さんはいった
「立松さん　若いなあ　変わんねえな」
木村さんは私を見るなりいってくれた　木村さんは農民らしいがっちりした体軀と　鋭い目つきは相変わらずであるが　髪が真白くなっていた　私ももちろん変わらないはずはない　お互いに同じ歳月が降りかかったのである
「俺も七十過ぎてな　この頃悲しくてしようがねえんだ　これでよかったのかどうかと思うのさ　ここまで一生懸命働いてきてな」
こういってから　木村さんは話しはじめたのだった　木村さんの家は小さな農家だったから　農業を自立して生きていくために　一生懸命働いてきた　出稼ぎにいって金を貯め　農地を買い足してきたのだった　米を中心の経営にし減反になるとその部分を転作にしてなんでもつくってきた
だが村の人口は減るばかりだ　村でも農業後継者のいる人はほとんどいず　自分と妻とが頑張れるうちはなんとか農業はつづけるが

それ以上はもう無理だ　というのである
私の感覚的な印象でも　田植機に乗ったりコンバインに乗ったりして田んぼに出ている人は　七十歳代である　まさに木村さんの世代が頑張っているのだ　十年前は六十代で　二十年前は五十代である　しかし　十年後は八十代ということになる　その時　日本の農業はどうにもならない危機を迎えるのではないだろうか
「村ではなあ　息子が他の仕事について　親父もう充分食べられるのだからお願いだから農業をやめてくれっていわれて　泣く泣く丹精込めてきたぶどうの樹とサクランボの樹を伐った人もある　サクランボは高いところで仕事をするから　年取ると危なっかしいんだな」
こういう木村さんに　私はいうのだ
「血を分けた息子や娘に農業を継がせなければならないという考えを改めたらどうだろう　本当にやる気のある人にやってもらうといいんじゃないかな　契約条件をよく考えてさ」

「それはいい考えかもしれないな」
木村さんがこんな言葉を使ったかどうか私は忘れたが　ニュアンス
として同意してくれた
後継者がこのままいなければ　日本の農業は滅びるしかない　その
ことは誰でもわかっているのだ　後継者の内容を問う時代にきてい
ると　私は思う
「この頃　詩が書けなくてな　悲しくなってくるのは　そのことも
あるのさ」
木村さんは　いきなりこういった　悲しみの深さが　私などでは想
像するよりも深いのかもしれない
「詩は特別のものだろうけど　詩が書けなくなったら　木村さんで
はなくなってしまうよ　詩は書かなくちゃ」
私はこう返したのだが　二十年ぶりの再会はなんだか悲しかった
一〇〇万人のふるさと　二〇〇九年*　夏

＊立松和平さんは翌年の二月に急逝した

# 夏の彼方へ

膝丈ほどにのびた
雑草（くさ）の葉群れに
とめどもなく降る梅雨（あめ）の
季節の盛り

水滴の重みで
どの雑草の葉先も
ふるえるように身もだえしながら

沈黙をつづけて佇っている
いつまで耐えているのだろうか
きょう一日
あしたも　その翌日も
あるいは何年も

いつの間にか腹までが
水で膨らみはじめる
胸も
腕も
脚までが
皮膚の隙間を浸って
軀に分け入ってくるでもないのに
いったいわたしのどこに水路がうがたれているのか

こころが重すぎて
歩けそうにもなくなるが
やがてくる再びの真夏日の
その日まで
耐えて待つ覚悟をする

栽培(つくる)ことを止めにして久しい
ぶどうの棚の下の雑草の
その靭さをわが身に置き換え
現実(あらわ)な降りの激しさの
梅雨(あめ)のなかに
性懲りもなく
わたしは
屹立(た)つ

# 村への道

やわらかな陽射しを夢みて
冬の河を遡(のぼ)ってきた農夫の姿がある
流れから這いあがり
水しぶきを躰でふりはらうと
岸のむこうの
萌えいそぐ田のなかの雑草(くさ)に腹這い
仰むけになり
頬うつ風に逆らうこともなく　眠る

百年の孤独のような凍えから解放された
農夫は
この先の百年の村のかたちを眼のうちに
黄色にけぶる空と地のはるかな接点を
歩きはじめる
昨日
過疎の村の学校の
木造校舎でむかえた入学式の子供たちのように
顔をひきつらせ
両手で胸をなでおどらせながら
病のあとの
疲労感はまだ五躰を包囲してやまないが
寒い河の流れの時節に訣れをつげ
ゆっくりと

村へとつらなる道の坂を
越える

# わが死地

少年期から
青年期にかけて
わが村落は
――にくしみのふるさと――であった
小農に生れ
戦争で父親を失い
貧農そのもののくらしであった

言葉を持たず
労働に明けくれる日々——
早くから
村脱出の夢を抱いて寝た
村と
人との
温くみなど感知する余地もなかった

村と人との温くみを覚えるようになったのは
四十歳か
五十歳か
ずい分と齢を取ってからのことだ

そのわが村落も
いまは人かげも無く
農業後継者も無く
見渡すかぎり田野や
畑野も
荒れ始めようとしている

——ＴＰＰが　追いうちをかける——

わが死地は
この村落以外に無いと
心に決めて
久しい

すると
何故か　急に
わが村落が
美しく見えてくる

# わが青春の記

夢きよき　山形の野よ
青春の　歌もたからか
ああここに　働くわかもの
みどりなす　希望にあふれ
勤労の　文化をおこす
友われら　友われら

（青年学級生）

一九六五年前後は青年団があったように、青年学級も元気であった。

青年団が兄貴分であれば、青年学級は一世代若い、いわば弟分みたいな存在で、村を若々しい精気で満たしてくれた。青年団が、農村の暮らしや平和問題、あるいは政治状況を見据えながら、人間形成と社会的な活動を展開していたのに対して、青年学級の活動は、社会的な具体的活動にいたるための基礎的な知識と、教養を身につけるための学習組織であった。青年団活動と青年学級の学習活動は、村では青年運動の両輪の役目を果たしていた。「青年学級」は文部省によって一九五三年八月十四日、「青年学級振興法」として制度化された学習組織であった。青年学級振興法の第二条の条文には、次のようにうたってある。

この法律において「青年学級」とは、勤労に従事し、または従事しようとする青年（以下「勤労青年」という）に対し、実際生活に必要な職業または家事に関する知識及び技能を習得させ、並びにその一般的教養を向上させることを目的として、この法律の定めるところにより市（特別区を含む。以下同じ）町村が開設する事業をいう。

意図するところは、高等教育を受ける機会に恵まれない農村やまち場の勤労青年に対して、学校教育とは違った形で、学習の機会を与えよう、とするものであった。この青年学級という学習活動では、山形県が先進県であることは昔から知ってはいたが、山形県のなかでもわたしのマチ、上山市からおこった学習運動であることを知ったのは、数年前のことである。

村の先輩たちの学習への意欲が、文部省を動かしたのであった。

一九六一年からわたしは、上山市東部青年学級の専任指導員を務めるようになっていたが、六五年の初頭に入っても青年たちの熱気はまだまだ衰えることはなかった。

どこの村の公民館も夜通し熱気に包まれていた。

この年代になると、中学卒業の若者ばかりでなく、高校を卒業した村の後継者たちが続々と入ってきた。ある夜、学級生のK君から「宮沢賢治の生き方について、真壁仁先生に来てもらい、話をしてもらえないだろうか」という要望が出た。翌日わたしは真壁先生の家に走った。若者の情熱に感動した真壁先生は、何晩も、わが村の公民館に足を運んでくれた。

学習会の終ったあとは、皆んなでスクラムを組み、ロシア民謡を声高らかに歌った。

ああ　なつかしの
仲間たちよ
青年学級の　仲間たちよ
いまも元気でいるか

# 稲穂

さしもの大雪も、三月ともなれば、雪も次第に消え、田の面も見え始めた。昨秋の米価は一俵八千五百円と、見るも無惨な結果となった。しかし米価がいかに低かろうと、豊作はやはり喜ばしいものである。稲穂を抱える両腕におのずから力が入り、笑みがもれる。鼓動が高なり、やがて心が静まる。稲作農家としての至福のときである。

牧野部落のシンボルマークは、稲穂である。二十年ほど前、牧野多目的集会施設が新設されたおり、部落の人たちから募集したものである。実り豊かな一房の稲穂が選ばれた。村全体がけっして規模の大きな営農ではないのだが、この先も稲作農家として生きていく心情が、見事に象徴されていた。九十三戸ほどの部落を輪環状にとり囲む稲田の風景を見れば、それがよく分かる。たとえ兼業農家が現在(いま)以上にすすみ、後継者が居なくなろうとも、稲穂が何故に牧野部落のシンボルマークなのか、誰にもよく分かる。それゆえ牧野部落の人びとは、自分の村を「歴史のむら」とともに「みずほの里」とも呼んでいる。

牧野部落の夏祭りでは、背に大きく描かれた稲穂の図柄の法被を着た農婦(おんな)たちが、輪になって踊る。秋の地区運動会には、これまた稲穂の部落の旗が、風にはためく。これこそ、縄文紀以来の伝統に生き、未来へと生き継いでいこうとする村だとの、こころ根ではあるまいか。

いまは亡き師、真壁仁の作品に「稲の道」という詩作品がある。

「メコンの流れがあふれている／昆明の奥の思芽（しぼ）という湿地から／友だちが持ってきてくれた野生の稲の穂一本／芒（のぎ）がひどく長くて／そのはじっぽに／縄文紀の光りがきらっと見える／そこでは紅米を／青竹の筒（つつ）で蒸して食べていたそうだ／稲の道は東へ南へ河に沿ってくだった／揚子江をくだった奴が／黒潮にのっておれたちの列島へ渡ってきた」

稲が列島弧を北漸し、わが牧野部落にたどり着いてから、どのくらいの年月を経過したのであろうか。

秋上げ*をとうに終えたいま、「稲の道」を暗誦しながら、しきりに

思う。昆明の奥地から、この牧野の原に到り着くまでの、道のりの
長さを、はるかな年月のわたりを。
そして「みずほの里」の、わが部落の全風景を。

＊秋上げ＝稲の刈り上げのこと

# 敗戦

一九四五年の、牧野部落総会記録誌を、読む。「敗戦」を牧野部落では、どう受けとめ、どう対処したのかが気にかかった。

十月十七日　午後七時　常會
一、二十二日午後一時カラ國民學校ニ於テ外地派遣ノ家族一名宛出席懇談會開催　一、久昌寺ノ學童疎開十一月一日歸都スル事ニ決定　其デ前日荷物發送スル事ニ相成リ三十一日壱戸壱名宛宿泊スル事ノ願ニ依リ左様ニ決定　一、甘藷提出ノ件　1、参拾五俵ハ種薯此ハ各自割當ヲ貯藏スル事　2、一般提出五拾九俵　壱俵拾二貫提出ノ處農業會ト交渉ノ結果半分参拾俵供出スル事ニ決定　3、割當數量　反當壱貫匁二十二日午前中供出ノ事

十月三十日　午後七時　常會

一、十一月一日　人口調査ノ件　一、農業調査ノ件　一、進駐軍ニ對スルカツ亦日本人ノ道義ノ高揚ニ關シ其ノ筋カラノ旨令ノ報告

十一月十七日　午前八時　役員會

一、終戰ノ時局ニ對シ戰爭中ノ責任上辭職ノ件　協議ノ結果會長以下役員一同総辭職スル事ニ決定　常會ニ計ル事

十一月十八日　午後七時　常會

一、部落會長以下役員一同総辭職ノ件常會ニ計リ　協議ノ結果今迄通リ務ムル事ニ決セリ

二月十七日（昭和二十一年）　午後七時　役員會

一、自警団組織ノ件　今ノ時局ニ對シ部落内一戸二名以上ノ居住者ヲ以テ組織シ夜間一名宛出勤　其二　役員一名宛出席シテ警備ニ當ル事　一、新圓切替ニ關スル件　自二月二十五日　至三月二日　旧圓貯蓄ハ混雜ヲサケル爲メ部落別ニシ二十一日カラ二十四日迄但シ其ノ後尚殘金有時ハ三月七日迄スル事　一、二十五日午前中納税金納付　一、貯蓄券消化　一、電氣中間線ニ關シ　一、漬物配給ニ關シ
二十二日

以上を以て、敗戦年時の牧野部落会の、「會議錄（主に役員會記錄）」「常會記錄」「総會記錄」は終っている。

十月十七日の国民学校に於ける外地派遣（出征）留守家族の相談では、日本の敗戦という現実が、初めて具体的に村人に告知されたものであると思う。あの「耐エガタキヲ耐エ　忍ビガタキヲ忍ビ」の

天皇の詔書奉読だけでは、敗戦の実態をよく理解出来なかった。ことに中国や旧満州やフィリピンなどの南方諸島の現実にいたってはなおさらのことである。終始一貫して、「戦果大ナリ、ワガ皇軍奮闘セリ」の虚偽の報しか、聞かされてこなかったわけだから。村の男たちの安否を気遣う思いは、想像してもあまりある。

結果として、陸海軍人、一般国民合わせて三百万人の犠牲者を出したと厚生省が発表したのは、二年も経ってからのことである。

# 祈りの大地

敗戦から七十年
父親の果てた中国への想いは
わたしの心から長い年月消え去ることはなかった
父親の死地は武漢から長江沿いを二〇〇キロほど下った
黄崗（こうこう）という街の郊外の
余家湾という静かな農村だという

わたしの瞼から

少年期に別れた父親のたくましさも
心やさしい面影も
ついぞ消え去ることはなかった
七十年もの長い年月
そう七十年もの長い年月

わたしはとうとう余家湾にやってきた
「おれの声が聴えるか」
「この叫ぶ声が、あなたの耳もとにとどいたか」

母親の眠る
まぎの村へ
祖母が悲しみと怨念のうたをうたって逝った

あなたには遠くなつかしい
まぎの村へ

おやじよ
七十年ぶりに親子ともども

ニッポンへ帰ろう

まぎの村へ帰ろう

いまも緑濃い大地へ

そして田圃へ　出よう
畑へ行こう

ふたたび戦争の無い
まぎの村の未来へ
一緒に
帰ろう

# 牧野部落

わたしが子供のころ、牧野部落には、多くの雑木林が残っていた。原生林そのままで生い茂っていた。

牧野はマギノと発音し、その語源は「紛れ野」に存ると言われている。

〈樹海〉ひくく地を蔽い樹の海ひろがり、往く途分からず、戻り途なお記憶になく、人みな影となって樹の海、叢の奥へと消えていく。

部落を包み込むように拡がっていた雑木林が伐り倒され、畑地へと変貌を遂げていったのは、明治期から昭和の初期にかけてのことである。ことに昭和の戦争期が近づくにしたがって、食糧増産が叫ばれ、村びとは、山刀をかざし、鍬をふるって汗を流した。しかし敗戦後も昭和三十年代に入って、食糧増産の声も、いつしか消えてしまった。

河岸段丘一帯には、まだまだ雑木林は残されていたものの、部落の上手の雑木林には、新制中学校が建てられた。学校の裏手には、「教育林」が、残された。地域と部落の歴史を識る上で、貴重な存在となった。クヌギの木の植生は標高二百五十メートルが限界だと言われている。その実ドングリは古代より、住み人の食に供されてきた。冬季でも落葉しない住み易い地域の証左である。四季のはっきりした豊かな土地の象徴でもある。アカシデは、水が豊富で陽当たりの良い地性を好む樹種ゆえ、部落びとは、この場所を住処とした。イワウメズという木も同様の植生を持つ。アカシデやイワウメズは山形盆地の最南端に位置する牧野部落が、植生の限界地である。河岸段丘のことを、牧野部落では、いまだにママと呼んでいる。湧水が豊かで、近くに河川の流れがあり、動植物の棲息、植生の豊かなこの場所からは、鮭や鱒の文化が栄えたであろうことは、誰もが想像できよう。多くの縄文人が集まったことも。

このように地域的にも、歴史的に豊かな牧野部落を、若い時分わたしは、住み良い部落などとは一度も思ったことは無かった。暗く湿った風景は、時代の遅れを想わせるに十分であった。地の底に沈んだような全景。時代の遅れを想わせるに十分過ぎる。その裡にひそみ犇めく人群れの狡猾さと、貪欲さと。小権力構造のなかに組み込まれている、村社会。「いつかこの村から脱出してやる」その思いだけを増殖させながら、少年期から、青年期を生きてきた。


いまはこの牧野部落の何処にも、時代を先駆ける華やかさなど無くともいい。地味でむかしこの部落を蔽っていた原生樹林のように、静かで少しばかり寂しくてもいい。

そこに住む人びとの心が美しくなどなくともいい。狡猾で、貪欲で、

ときには卑猥で、村うちの生き死にの噂の絶えない、部落であって
いい。
これからも永い年月、生きつづけて欲しい。わたしたちが死んだあ
とも、小さな歴史を地深く刻みつづけて欲しい。

# あとがき

わたしに詩を書かせたのは、明治生れの文盲の祖母であった。

太平洋戦争で二人の息子（わたしの父親と叔父）を奪われた祖母は、三日三晩蚕室にこもって号泣した。ご飯を食べないと死ぬぞというお袋のかけ声にも耳をかさず、泣きとおした。

三日後に蚕室から出てきた祖母は、次のようなうたをうたい出した。

ふたりのこどもをくににあげ
のこりしかぞくはなきぐらし
よそのわかしゅうみるにつけ
うづのわかしゅういまごろは

さいのかわらでこいしつみ

にほんのひのまる
なだてあかい
かえらぬ
おらがむすこの
ちであかい

この他にも祖母は、自分の頭で詩を作り、御詠歌ふうの節をつけてうたった。それを蚕飼いの労働歌にかえてうたった。

祖母は、おれに字が書けたら、戦争で犠牲になったこの悲しみ、苦しみを書き残して死にたいと口ぐせのように言った。

それは少年のわたしの心に強くひびいた。「おれには字が書ける。祖母の思いをおれが引き継がねば」と、決意した。男手の無い農家の暮らしは極貧のどん底であった。このまま一介の土百姓として虫けらのごとく地中に埋もれて生涯を終りたくないと念じた。自己主張のできる、言葉を持つことができる人間として生きねばならないとも決意した。

あれから七十年、わたしは、ひたすら反戦への思いを現代詩に託して書きつづけてきた。一方では戦後の日本の農政（あるいは歴史）に翻弄されながら必死に生きてきた東北の農民の、怒りと悲しみを表現しようと努力してきた。

ずい分と昔、わたしの町に白石かずこさんに来てもらい、詩の朗読会をしたことがあった。朗読会が終ってのなおらいは、小さな赤提灯の店であった。「わたしにとっての詩作行為は、日常生活の精神の積み重ねであり、記録でもある」という意味のことを言った。黙々と聴いてくれていた白石さんは「キムラさんほど、真摯に詩に向っている詩人はおりませんね」と言葉を返してくれた。お世辞とは思いながらも、わたしは嬉しかった。今も忘れることができない。

そんなわたしを、人々は農民詩人と呼んでくれる。しかしわたしは、真実、農民詩人としての枠を超えた、普遍的な詩人でなければならないと念じている。

この度の詩集もまた、書肆山田の鈴木一民さん、大泉史世さんのお二人にお願いした。感謝に堪えません。


二〇一六年晩秋の色濃い日に　　　木村迪夫

同じ著者によって――

『生きている家』（詩集／一九五八年・私家版）
『何かが欠けている』（詩集／一九七〇年・私家版）
『講座農を生きる　歴史をふまえて』（共著／一九七五年・三一書房）
『ゴミ屋の記』（エッセイ／一九七六年・たいまつ社）
『わが八月十五日』（詩集／一九七八年・たいまつ社）
『講座日本農民　農民と都市住民』（編著／一九七八年・たいまつ社）
『わが中国紀行』（詩集／一九七九年・たいまつ社）
『若い仲間たちへ贈る言葉』（詩集／一九八一年・私家版）
『喪牛記』（詩集／一九八二年・鳥影社）
『減反騒動記』（小説・評論／一九八五年・樹心社）
『地郷』（詩集／一九八五年・鳥影社）
『詩信・村の幻へ』（詩集／一九八六年・書肆犀）
『えれじい』（詩集／一九八七年・書肆犀）

『遙かなる足あと――四十年たった戦没家族の手記』(編著/一九八八年・山形県遺族会)
『くだものずいそう――〈農〉イメージの再構築に向けて』(エッセイ/一九八九年・書肆犀)
『まぎれ野の』(詩集/一九九〇年・書肆山田)
『収集車人民服務号』(エッセイ/一九九三年・社会思想社)
『日本現代詩文庫　木村迪夫詩集』(詩集/一九九五年・土曜美術社出版販売)
『マギノ村・夢日記』(詩集/一九九五年・書肆山田)
『いろはにほへとちりぬるを』(詩集/二〇〇二年・書肆山田)
『朗読詩集・まぎれ野へ』(詩集/二〇〇四年・水牛)
『八月十五日』(詩とエッセイ/二〇〇五年・遙かな日の叢書刊行会)
『光る朝』(詩集/二〇〇八年・書肆山田)
『山形の村に赤い鳥が飛んできた』(エッセイ/二〇一〇年・七つ森書館)
『飛ぶ男』(詩集/二〇一二年・書肆山田)

村への道＊著者木村迪夫＊発行二〇一七年二月二〇日初版第一刷＊装画田村明日香＊発行者鈴木一民発行所書肆山田東京都豊島区南池袋二‐八‐五―三〇一電話〇三‐三九八八‐七四六七＊装幀亜令＊組版中島浩印刷精密印刷石塚印刷ターゲット製本日進堂製本＊ISBN九七八‐四‐八七九九五‐九五一‐五